Paris
1897

Koerner Théodore

Les Poésies

8° Y h
6/1

[ÉTUDE] SUR LA POÉSIE PATRIOTIQUE EN ALLEMAGNE

LA LYRE ET L'ÉPÉE

De Th. KŒRNER

TRADUCTION DE M. LE CAPITAINE HUGUES
DU 33e RÉGIMENT D'ARTILLERIE

[Cet] ouvrage est vendu au profit de la Société
du SOUVENIR FRANÇAIS

PARIS
[HENRI] CHARLES-LAVAUZELLE
Éditeur militaire
11, Place Saint-André-des-Arts

(Même maison à Limoges.)

LES

POÉSIES DE KŒRNER

LES

POÉSIES DE KŒRNER

TRADUITES

Par le Capitaine HUGUES

DU 33e D'ARTILLERIE

PARIS

HENRI CHARLES-LAVAUZELLE

Éditeur militaire

11, PLACE SAINT-ANDRÉ-DES-ARTS

(Même maison à Limoges.)

A mon Camarade et Ami

LOUIS BOUDENOOT

Député du Pas-de-Calais

AVANT-PROPOS

Le soldat chantait en France avant la guerre. Pendant les longues routes qu'il faisait dans les changements de garnison, il égayait de ses refrains les villages qu'il traversait.

Cela fut une de nos joies les plus vives de les entendre, mais nous étions encore un gamin, à cette époque, et n'y ayant rien compris, nous n'en avions rien retenu. Depuis, il ne nous a pas échappé, hélas ! que, si quelques-unes de ces chansons, toujours désespérément les mêmes, pouvaient alléger les fatigues et tromper le marcheur sur la longueur du chemin, elles étaient absolument impuissantes à meubler d'une idée noble l'esprit, le cœur ou l'âme du soldat, et cette constatation pénible nous a fait vivement sentir combien avaient raison ceux qui, ayant conduit la guerre, comme Faidherbe, avec science et gravité, voulaient de toutes leurs forces proscrire ce qui était d'une trivialité attristante, quand cela n'était pas de l'obscénité toute nue et toute crue.

Aujourd'hui, la question se pose à nouveau du chant dans l'armée, des chansons de route, des refrains de bivouac. Faut-il faire chanter le soldat ? Faut-il s'en abstenir ?

On chante en Allemagne, on chante en Autriche ; « la chanson devient un acte, tôt ou tard », y dit-on, et il est manifeste qu'un chant répété souvent équivaut à une suggestion.

Nulle part, plus qu'en ces deux pays, n'a fleuri le lied, chant presque toujours court, jamais immoral, se prêtant facilement à la notation musicale et susceptible dès lors d'un attrait plus grand, d'une propagation plus rapide. Chaque corps de métier (même les pompiers) y a son « chansonnier » ; l'armée possède le recueil le plus riche, le plus varié, le plus élevé de ces poésies spéciales et les talents les plus divers y ont apporté leur collaboration.

C'est surtout après les campagnes de 1808 et de 1809, qu'apparaissent les bardes enflammés: « Alors le courage des Allemands était à bas; pourtant le poids de la domination étrangère suscita le désir ardent de la liberté. On avait la conviction que, étant données la puissance de la France et la faiblesse de l'Allemagne, la conquête n'était possible que grâce aux secours d'en haut, grâce à un soulèvement populaire énergique. Fichte et Gœrres secouèrent la torpeur du peuple; le dernier enflamma l'enthousiasme dans les palais et les chaumières. Les sentiments patriotiques se réveillèrent de jour en jour, et, lorsque les armées de Napoléon eurent trouvé leur tombeau en Russie, apparurent des poètes dont les chants et aussi les actes appelaient le peuple à l'affranchissement de la patrie. A côté des chants de lamentation et d'ardente aspiration, retentirent les chants de guerre et de victoire (1). »

Or, si nous connaissons le nom de quelques-uns de ces évocateurs, de ces inspirateurs, à peine connaissons-nous les titres de leurs œuvres, qui, toutes ou presque toutes, d'ailleurs, doivent être lues dans l'original.

Leur étude ne manque pas d'attraits et se trouve fertile en enseignements de toute nature; elle nous découvre certains recoins de l'âme allemande et nous montre comment, en Allemagne, la poésie a concouru et concourt à l'éducation militaire de la nation.

---

(1) *Kürze Gerchichte der deutschen litteratur von einem Franzosen.* Jacques Parmentier, professeur à la faculté des lettres de Poitiers, p. 237.

Elle s'impose, de plus, à ceux qui ont un intérêt égal à connaître les ressources matérielles et les ressources morales du peuple que l'avenir leur désigne comme devant être leur principal adversaire.

C'est dans ces vues qu'a été entrepris ce travail, dont le seul but est d'appeler l'attention sur ce que l'Allemagne vaut, veut et peut.

Et notre plus grand désir serait que la question fût reprise à nouveau en France, par un poète et un musicien (1) et que leurs efforts aboutissent à doter l'armée nationale d'un recueil sérieux et officiel de chants où se refléterait l'âme de la France avec ses joies, avec ses tristesses, avec ses espérances et, pourquoi pas aussi, avec ses haines légitimes.

Nous avons le projet, pour tâcher de bien caractériser ce qu'a fait l'Allemagne et ce que nous pourrions faire en France, nous avons le projet, disons-nous, de réunir en plusieurs petits fascicules les poésies les plus caractéristiques de Kœrner, d'Arndt, de Schenkendorff, d'Uhland, et autres lyriques de ce siècle.

Le premier sera consacré à Kœrner.

---

(1) Une œuvre analogue vient d'être menée à bonne fin par MM. Maurice Bouchor et Julien Tiersot : *Chants populaires pour les écoles.*

Courte biographie de Kœrner.

Kœrner est le fils de Chrétien-Godefroi Kœrner, ami intime de Schiller et de Goethe.

Il naquit à Dresde en 1791.

Elevé dans la maison de son père, au milieu d'une société distinguée, il y prit de très bonne heure le goût des lettres.

Après avoir publié, en 1810, à l'université de Leipzig, dont il suivait les cours, son premier recueil de poésies : *Les boutons de fleur*, il dut quitter cette ville, à la suite d'aventures et de folies de jeunesse. Il alla d'abord à Berlin, puis à Vienne où il devint le poète de la cour.

Ses compositions sont nombreuses; épris de Schiller, il en imite la forme, mais il n'en a ni l'énergie, ni la puissance dramatiques; sa jeunesse et son inexpérience de la vie en sont l'explication toute naturelle.

Poète, patriote, il ne peut rester indifférent aux efforts que tente l'Allemagne pour secouer le joug de Napoléon, et, en 1813, il s'enrôle dans le corps franc de Lützow, dont il devient l'aide de camp. Il guerroye avec ardeur. Blessé à Kitzig, fait prisonnier, emmené à Leipzig, il revient auprès de Lützow pendant un armistice et se remet en campagne. C'est à ce moment qu'il compose ses poésies les plus enflammées.

Le 25 août 1813, poursuivant l'arrière-garde de l'armée française, il s'arrête dans un petit bois voisin de Gadebusch. Au feu du bivouac, il compose le *Chant de l'épée* qui bientôt est su de tous ses compagnons et les conduit de nouveau, au point du jour, à l'attaque furieuse des Français. Son ardeur l'emporte aux premiers rangs où une balle l'atteint et le frappe mortellement ; il avait 22 ans.

Ses compagnons lui firent de solennelles funérailles et enterrèrent son corps au pied d'un chêne où quelques années plus tard, lui fut dressé un monument en fonte, dessiné par l'architecte Thormeyer.

L'année suivante, son père réunit, sous le titre célèbre de *La lyre et l'épée* ces poésies qui l'ont fait surnommer le Tyrtée allemand, constituent son plus beau titre à l'immortalité et sont encore chantées en Allemagne, dans les écoles, dans les casernes, dans les réunions d'étudiants et dans les sociétés des anciens combattants.

LES

POÉSIES DE KŒRNER

La mort d'André Hofer.

André Hofer, chef de l'insurrection tyrolienne de 1809, né à Saint-Léonard, près de Passeier, en 1767, fusillé à Mantoue, le 20 février 1810.

Aubergiste, combattit Ney, puis, à l'instigation du gouvernement autrichien, souleva le Tyrol et tint campagne contre le maréchal Lefebvre (11 avril 1809 - 14 octobre 1809; paix de Vienne).

Sur le faux bruit que l'Autriche avait repris les armes, il recommença la lutte et fut livré par son ancien ami, le prêtre Douay (8 janvier 1810), au général Baraguay-d'Hilliers.

Condamné à une détention limitée par le conseil de guerre, il fut néanmoins fusillé, par un ordre télégraphique venu de Milan, la veille de la lecture du jugement. Il mourut en héros et voulut lui-même commander le feu.

La poésie de Korner n'est pas la seule qui célèbre André Hofer. Nous citerons plus tard une poésie de Julius Mosen, et une autre, très populaire, de Schenkendorf.

Féal, tu restais attaché à ton vieux prince;
Féal, tu voulus reconquérir par les armes le patrimoine de tes ancêtres,
La liberté ! — Pour établir son règne dans l'éternité des siècles,
Tu entras hardiment dans la carrière illustrée par les grands héros,
Et féaux, eux aussi, tes concitoyens se joignirent à toi
Et marchèrent avec toi pour reconquérir le bien de leurs pères,
Mais hélas ! qui peut lutter contre la volonté de Dieu !
Cette belle croyance n'était qu'...une belle illusion !
... Tu deviens le captif des esclaves du tyran;
Tu tournes tes regards vers le Ciel, comme pour en obtenir la victoire,
Mais les sentiers de la liberté vont parmi les douleurs de la mort !
Et calme, tu les regardes armer leurs fusils :
Ils te mettent en joue; les balles traversent ton cœur,
Et, libre, affranchie, ton âme prend son essor.

Nota. — Dans cette pièce, comme dans toutes les autres qui suivent, nous avons traduit vers pour vers, conservant le tour et les images de l'auteur, avec un scrupule qui n'a d'autres limites que celle d'employer une langue claire et correcte. Nous avons voulu traduire et non trahir, et faire, autant qu'il nous a paru possible, passer dans l'esprit du lecteur l'impression qu'il recevrait à la lecture de l'original. La tâche n'est guère aisée; elle est hérissée de difficultés auxquelles n'échappe aucun traducteur de poète, surtout de poète allemand. Nous avons fait de notre mieux et cela suffira sans doute pour nous acquérir l'indulgence du lecteur.

Les chênes.

La nuit vient, les bruits du jour se taisent;
Plus rouges sont les derniers rayons du soleil ardent,
Et me voici tout seul, sous votre feuillage,
Et mon cœur déborde de tristesse et de fierté !
O des temps antiques, antiques et fidèles témoins,
Vous êtes encore tout parées de la fraicheur de la jeunesse,
Et la majesté de vos formes, image des temps qui ont précédé,
Nous a été conservée dans toute sa splendeur.

Une grande partie de ce qui faisait votre noblesse est tombée sous les coups du Temps,
Une grande partie de ce qui faisait votre beauté s'est éteinte dans sa fleur;
A travers votre riche couronne de feuillage passe étincelant
Le dernier adieu du crépuscule lointain.
Insensibles à ce que vous réservait le Destin,
C'est en vain que le Temps vous a menacés de ses coups,
Et vous me criez, dans les plaintes de vos branches :
TOUT CE QUI EST GRAND SURVIT A LA MORT.

Et vous avez survécu ! — Au milieu de toutes choses
S'épanouit votre verdoyante et vigoureuse frondaison;
Nul pèlerin ne peut passer sous elle

Sans demander le repos à son ombre.
Et lorsqu'au souffle de l'automne vos feuilles se détachent et tombent,
Mortes, elles n'en sont pas moins pour vous un bien précieux,
Car c'est de la pourriture de ces rejetons
Que va sortir votre plus belle parure au printemps prochain.

Ravissante image de la vieille foi allemande,
Telle que l'ont vue les temps meilleurs,
Où, au milieu des joies d'une fière consécration à la mort,
Les citoyens jetaient les solides fondements de leurs Etats.....
..... — Mais hélas ! à quoi bon renouveler l'ancienne douleur ?
Tout le monde la ressent-il, cette douleur ?
O peuple allemand, ô peuple majestueux entre tous,
TES CHÊNES SONT DEBOUT, MAIS TOI, TU ES A TERRE !

NOTA. — Rappelons-nous que Kœrner fut enterré au pied d'un chêne.

Sur le champ de bataille d'Aspern.

O champ de bataille, où l'ange de la mort sema le carnage,
Où l'Allemand fit éclater sa puissance,
Sol sacré, je te salue de mes chants!
L'aigle français si altier, tu le vis trembler:
La puissance du tyran — telle celle du fer — tu la vis s'en aller en miettes,
Puissance impudente qui tenait sous sa loi la moitié de l'univers...
... O vous, ô mânes des héros tombés,
Vous dont les yeux se fermèrent pendant le tonnerre de la victoire,
Je vous adresse, dans les mondes où règne un printemps éternel,
L'expression de la joie dont déborde mon cœur.

Que ne fus-je alors à vos côtés!
Là, où des frères trouvaient victoire et liberté,
Pourquoi, débordant de jeunesse et de force, pourquoi n'y fus-je point!
Heureux, ô vous qui combattites cette journée:
Vous vous êtes tressé une couronne d'immortels lauriers,
Vous qui fûtes élus pour le triomphe de la Patrie!
Sombre et attristé, comme sur des tombes en ruines,
Le Destin roule son poids sur l'Allemagne.

Cependant, ô réconfort, on dirait que parmi les étoiles qui scintillent,
Le jour, le Vrai, perce les ténèbres de notre nuit.

Eclaircie dans l'obscurité des années nébuleuses!
Nous conserverons pieusement l'éclat de ton rayonnement,
Comme le legs d'une époque altière.
Il n'est point d'endroit, dans notre vaste patrie,
Des rivages de la Baltique aux bords du Danube,
Où ton nom ne dilate le cœur.
On ne parle que d'Aspern, on ne parle que de Charles et de sa victoire,
Là où la lèvre sait, ne serait-ce que balbutier l'allemand.
Non! la Germanie n'est pas morte;
Elle a encore UNE journée et UN homme.

Et tant que susurreront les torrents allemands,
Et tant que bruiront les chansons allemandes,
Ces noms seront dans toutes les bouches.
Quelles qu'aient été les pertes de ces journées,
Charles et Aspern sont gravés dans nos cœurs,
Charles et Aspern retentiront dans nos chants;
La pourriture aura beau décomposer la cendre des héros tombés,
Qui se sont dévoués à la mort glorieuse,
Leur gloire brillera en traits de feu
Dans le sanctuaire de l'immortalité.

Mais jamais, quand la postérité jugera,
Jamais la voix éternelle de l'Histoire
N'excusera la faute énorme des contemporains.
Ils ont bien béni leur mort dans des chants qui vivront,
Toutefois, c'est en vain que je cherche la pyramide
Commémorative de leur grand acte.
Sur le champ de bataille, nos aïeux faisaient des sanctuaires
De leurs chênes à la gigantesque et altière frondaison
Et l'Irminsul des Germains
Disait la bataille perdue par les Romains.

Dans la vallée sanglante des Thermopyles
Où tombèrent les libres légions de la Grèce,
Leurs frères reconnaissants firent graver dans le marbre :
PASSANT ! VA DIRE AUX PARENTS SANS ENFANTS
QUE, SUR CES CHAMPS, POUR LA PATRIE,
L'HÉROÏQUE JEUNESSE DE SPARTE DONNA SA VIE !
Et des milliers de siècles sont devenus de la poudre,
Et la colonne de marbre sacrée est tombée en morceaux;
Cependant dans des harmonies triomphantes
Les siècles se le redirent les uns aux autres,

Et racontèrent, en dépit du tumulte des orages
De leur temps, la grandeur héroïque
De ceux qui tombèrent et la reconnaissance de Sparte.—
Grande fut la Grèce, par le bras de ses héros,
Mais plus grande encore par les récompenses qu'elle décernait

Au citoyen qui donnait sa vie pour la Liberté.
Dans l'au delà, un Dieu nous donne la récompense
d'une auréole éternelle,
Pourtant la vie de ce monde réclame aussi sa part de
splendeur et de brillant,
La terre ne peut s'acquitter qu'avec ce qui vient de la
terre,
Et la branche d'olivier se tresse en couronne.

C'est pourquoi il faut que la postérité trouve des té-
moignages éclatants
De la reconnaissance des citoyens allemands,
De notre gratitude pour les hauts faits de ceux qui sont
tombés. —
— Que leur mort nous a donné du courage, à nous,
les vivants,
Qu'ils n'ont point versé leur sang pour des indignes,
A toi de le prouver, ô patrie allemande!
Que tes poètes fassent retentir leurs chants enflammés,
A la pierre ajoute hardiment la pierre,
Et que la pyramide aille jusqu'aux nues
Pour être digne des héros qui sont tombés.

Mais ne vas pas croire que tu ajouterais des ornements
à leur couronne,
Si les dômes dorés de tes panthéons
Abritaient sous leurs voûtes les tertres de leurs tom-
beaux!
Peuple vain! penses-tu que c'est avec des tas de
marbre

Que tu te libéreras de ta dette de reconnaissance?
Ces coupoles n'honoreront que toi :
Seul, ce qui est éternel peut servir de parure à ce qui est éternel ;
L'éclat de ce monde s'efface et disparait.
Ce que le temps détruit et ronge
Est chose trop commune pour ce qui est immortel.

Au contraire, ô Allemagne, afin de t'honorer toi-même,
Afin de ne pas détruire de tes propres mains le Temple
Qu'a élevé ta puissance héréditaire,
Montre que tu es digne de ce glorieux sacre de la mort.
Montre-le, ô Germanie, dans ta fidélité antique,
O toi qui es l'orgueil des hommes, ô toi la superbe fiancée des héros !
Peuple ami de la paix, sors de ta froideur,
Sois ardent et libre, tel que le passé t'a connu.
Sur les plaines où les Aigles s'abattirent,
Dresse vers le ciel le monument de ta gloire.

Regarde autour de toi, regarde les nations étrangères,
Vois comme elles récompensent les actes de courage,
Comme elles font éclater le marbre dans leurs temples.
Toute victoire remportée dans les domaines obscurs de la science
Donne entrée au Panthéon de la gloire,
Et l'artiste audacieux s'y dresse, le front ceint d'une couronne.
Pourtant y a-t-il en ce monde une récompense
Où ne puisse prétendre le soldat de ces batailles !

Biens et vie, donner tout cela au peuple et à la liberté,
Nomme-moi l'action comparable à cette action !

Ainsi donc, ô mes concitoyens, puissiez-vous entendre
mon appel.
Il faut, ô Autriche, il faut que tu honores tes morts !
Que celui qui se reconnait de souche allemande
Apporte ses présents, avec joie, avec orgueil
Et qu'ainsi se construise sur leur tombeau
Le monument que mérite leur héroïque grandeur
Afin que les siècles redisent aux siècles qui suivront,
Si le nôtre sombre dans le tourbillon :
« C'EST LA NATION ALLEMANDE QUI A COMBATTU CE COMBAT,
CETTE PIERRE EST LE TÉMOIGNAGE DE LA RECONNAISSANCE
DE LA NATION ALLEMANDE. »

La patrie du chanteur.

Chanteur, où est ta patrie ? —
Là où de nobles esprits projetèrent des clartés éblouissantes,
Où fleurissaient des couronnes pour la beauté,
Où des cœurs bien trempés débordaient d'allégresse,
Consumés de l'amour du divin...
C'est là qu'était ma patrie !

Chanteur, quel est le nom de ta patrie ? —
A cette heure, penchée sur le cadavre de ses enfants,

A cette heure, elle pleure sur eux, sous la verge de l'étranger ;
Jadis, on ne lui connaissait qu'un nom : LA TERRE DES CHÊNES.
LA TERRE DE LA LIBERTÉ, LA TERRE D'ALLEMAGNE...
C'était le nom de ma patrie !

Chanteur, pourquoi pleure-t-elle ta patrie ? —
..... Parce que les violences du tyran
Font trembler les princes de ses peuples,
Parce que ceux-ci violent leurs promesses sacrées,
Et parce qu'à son appel toute oreille reste sourde.
Voilà pourquoi pleure ma patrie !

Chanteur, qui donc invoque-t-elle, ta patrie ? —
..... Elle invoque des divinités qui se taisent ;
Avec le désespoir de ces jours d'orage,
Elle redemande sa liberté, elle appelle son sauveur,
L'homme de la vengeance et des représailles...
C'est lui qu'invoque ma patrie !

Chanteur, que veut ta patrie ? —
..... Elle veut écraser la valetaille sous son talon,
Chasser le tigre hors de ses frontières,
Et libre, porter dans ses entrailles des enfants libres
Ou libre, leur donner un tombeau dans la terre...
Voilà ce que veut ma patrie !

Et qu'attend-elle, ta patrie, ô chanteur ?
Elle attend le triomphe de sa juste cause,

Elle attend le réveil de ses enfants fidèles,
Elle attend la vengeance du Dieu tout-puissant
Et elle n'a point méconnu le Vengeur.
..... Voilà ce qu'attend ma patrie !

Hymne pour la bénédiction solennelle du corps franc prussien dans l'église de Rogau, en Silésie.

Nous entrons dans la maison du Seigneur,
Unis par une commune piété.
Le Devoir nous appelle au combat,
Il enflamme tous les cœurs.
L'ardeur qui nous pousse à la bataille et à la victoire
C'est Dieu lui-même qui l'a allumée en nous
Au Seigneur seul appartient toute Gloire!

Le Seigneur est notre assurance,
Pour rude que doive être la bataille;
Car en vérité, nous luttons pour le droit et pour le devoir
Et pour le sol sacré.
C'est pourquoi nous sauverons la patrie,
De nos mains, par le Seigneur.
Au Seigneur seul appartient toute Gloire !

L'insolente arrogance
De la tyrannie s'écroule.

De la sainte ferveur de la liberté
Tous les cœurs s'embrasent.
Allons, hardi! dans la fournaise de la bataille
Dieu est avec nous, nous sommes avec Dieu :
AU SEIGNEUR SEUL APPARTIENT TOUTE GLOIRE!

En nous il réveille à cette heure le désir de triompher
Pour la cause du droit.
C'est sa voix même qui crie dans notre cœur :
DEBOUT, PEUPLE D'ALLEMAGNE, SORS DE TA LÉTHARGIE!
Et il nous conduira, fût-ce par les voies de la mort,
A l'aurore de sa liberté :
AU SEIGNEUR SEUL APPARTIENT TOUTE GLOIRE!

Espoir et consolation.

RONDE

Comme un mutuel dévouement nous rassemble,
Nous, les enfants d'une race incorrompue!
La sainte ardeur de la récréation
Epanouit et gonfle ma jeune âme.
Je ne sais quoi me pousse violemment à chanter,
A tirer de la harpe des tempêtes d'harmonie!
Dans mon cœur vit un Verbe altier;
Ce qu'il dit, je vais l'exprimer.

Les temps sont mauvais, les gens sont avares,
Les meilleurs ont été moissonnés.

La terre devient le sépulcre immense
De la liberté et de l'énergie.
Pourtant, courage! — Bien que la tyrannie
Ait foulé le sol allemand,
Dans bien des cœurs, silencieux et fidèles
Germe encore la semence du Bien.

Effarouchés par le sang, par les cris,
Par le sort des combats,
Les arts timides
Se sont réfugiés au sanctuaire de l'âme.
Bien qu'à cette heure les vallées soient délaissées
Où jadis s'élevait leur temple,
Ils ont cependant encore dans tout cœur pur
Leurs autels impérissables.

Et l'amitié fidèle et la vérité sont
Encore un devoir sacré.
Regarde! comme le torrent mugit et s'enfle! —
... Tu appelles; je n'ai point peur,
Et serait-il là devant moi, aussi grand que les nuées,
Aussi haut que les étoiles,
Par Dieu! je tiendrai mon serment.
Tope-là! Je te suivrai!

Et l'innocence de la femme, l'amour de la femme
Reste encore comme le plus précieux parmi les biens,
Là où subsistent encore les mœurs des ancêtres germains,
Et l'âme juvénile des Germains.
Un saint anathème frappe encore le criminel

Par qui cette magie est dissoute;
Qui ne sait mourir pour l'objet de son amour
N'est point digne de baisers.

Ta flamme n'est pas davantage éteinte,
O religion sainte!
Ce qui est enfanté par l'amour éternel
Ne s'est pas enfui pour toujours.
Le sang lavera de leurs souillures les autels
Qu'on profane à nos yeux.
L'impie dans son audace abat la Croix,
Mais la Foi reste debout!

Et c'est encore avec la puissance de l'aigle que prend son essor
L'esprit patriotique.
Et il est encore bien vivant l'enthousiasme
Par qui toutes les chaines sont brisées.
Et de même que nous sommes ici réunis tous ensemble,
Plongés dans les ivresses du plaisir et du chant,
De même voulons-nous nous revoir
Quand sur les montagnes s'élèvera la fumée des signaux.

Allons donc, hardi, camarades! Force et courage!
Les temps de la vengeance sont proches!
Jusqu'à ce que, flottant sur les ruisseaux de notre propre sang,
Ils soient rejetés loin, loin du sol natal...
...Et toi vers qui, aux aurores de nos jours de liberté,
Toi vers qui monta la voix de nos cantiques,
Conduis-nous, Seigneur..., même à la mort,..
Mais ne conduis la Nation qu'à la seule victoire!

Outre!

Un cachet avec une flèche qui vole vers une nuée avec la devise *Outre!* fut l'occasion de cette pièce.

Là-bas, comme une ceinture de brouillards,
Pleines d'une sombre majesté,
Voyez comme les nuées, tel un noir parapet,
Touchent au firmament!
Les globes de feu éclatent
Aux profondeurs de leurs ténèbres;
Des flammes en jaillissent en zigzags étincelants
Et les tonnerres les crèvent.

Et devant le courroux du Ciel
S'agenouille le troupeau des pauvres pécheurs :
« Dieu de Sabaoth! oh! n'anéantis point,
N'anéantis point mon paisible vallon!
Frappe la nation entière,
Extermine le genre humain;
Mais respecte mes jours
Et mon enfant, et ma demeure! »

Oh! continuez vos prières,
Lâchement agenouillés dans la poussière!
Qu'il vous foule aux pieds, le Dieu
Qui palpite dans les éclairs!
La cloche qui pendant l'orage

Appelle à la prière
Ne fait qu'attirer vers son clocher
L'air qui porte l'incendie.

Et une autre multitude
Dont la fin est proche,
Dont l'attirail de guerre resplendit,
Est là, debout, en armes.
Et comme, sans trembler,
Calme, elle poursuit sa marche!
Comme elle a l'œil fixé sur les éclairs,
Qui, toujours, se rapprochent, se rapprochent!

A quoi bon cette éternelle temporisation?
Le salut n'est ici que dans la promptitude de l'action
Qui, pleine de vigueur, sans frémissement,
Ecrase la tête du serpent.
Est-ce dans vos armes que vous trouverez votre protection?
Jadis, elles ont pu arrêter les coups;
Aujourd'hui elles appellent la foudre,
Elles appellent la vengeance sur vous!

Eh bien! non! hardi! Les joies de la victoire
Ne viennent qu'après la bataille acharnée!
Voyez-vous la flèche qui vole là-bas?
Elle déchire la nuit des nuées;
Il faut qu'elle aille au delà, oui, au delà! — L'arc
N'a point ménagé la corde;
La flèche a fendu l'espace.
Elle plane maintenant dans la région illuminée du soleil!

OUTRE ! frères, OUTRE ! Que ce soit
Le mot d'ordre dans la bataille et dans l'affliction !
Ce qui est vil ira à la terre,
Ce qui est noble montera aux cieux !
Notre destinée est-elle de pourrir dans les marécages ?
Et qu'importe la conflagration des mondes ?
Que l'éclair donc vacille et s'agite :
OUTRE ! — C'est là-bas qu'est la Patrie !

Appel.

Hardi ! Debout, ô ma Nation ! La fumée annonce la flamme !
Une clarté vient du nord, c'est l'aurore de la liberté !
Allons, plonge ton fer au cœur de l'ennemi !
Hardi ! Debout, ô ma Nation ! La fumée annonce la flamme !
La moisson est mûre ; allons, faucheurs, à l'œuvre !
Le salut suprême, le dernier, il est dans l'épée.
Enfonce-toi la lame dans ton cœur fidèle,
C'est la voie de la liberté ! — Lave la terre souillée,
Ta terre d'Allemagne, lave-la avec le plus pur de ton sang !

Ce n'est point une guerre qui intéresse les Couronnes,
C'est une croisade, c'est la guerre sainte !
Droit, mœurs, vertu, foi, conscience,
Tout cela, le tyran te l'a arraché du cœur,

Et tu le sauveras si ta liberté triomphe.
Les Anciens se lamentent et te crient : « Réveille-toi! »
Ta chaumière en ruines maudit les brigands et leur race,
Tes filles déshonorées te crient vengeance,
Tes fils assassinés te réclament du sang.

Brise le soc de ta charrue! Jette à terre et ciseau et burin!
Que ta lyre soit muette et que ta navette s'arrête!
Abandonne tes fermes, abandonne tes boutiques!
Que tes étendards flottent devant Sa face!
Il veut que son peuple revête son armure :
Car il faut que tu bâtisses un grand autel
A l'éternelle aurore de Sa liberté.
Ton épée en taillera les pierres,
Et tu donneras au temple pour fondements les ossements de tes héros!

O vous, pour qui le Seigneur n'a point trempé l'acier,
Pourquoi ces larmes, ô filles! Pourquoi ces plaintes, ô femmes!
Lorsque l'enthousiasme de notre jeunesse
Nous précipite dans les rangs pressés de vos ravisseurs?
Les voluptés du combat manqueraient-elles à vos cœurs intrépides!
Que ne vous approchez-vous plutôt avec foi des autels du Seigneur!
Ne vous a-t-il pas donné la tendre et délicate sollicitude pour les blessés?

Ne vous a-t-il pas donné dans la prière d'un cœur fervent
Le pur et beau triomphe de la Piété?

Priez donc pour le Réveil de l'antique Vertu,
Priez, pour que nous restions debout, nous, les vieux favoris de la Victoire!
Invoquez les Martyrs de la Sainte Cause allemande,
Oh! invoquez-les, comme les génies de la Vengeance,
Comme les anges protecteurs de notre lutte pour le Droit.
O Louise, viens voltiger et répandre tes bénédictions sur les pas de ton époux;
Ame de notre Ferdinand, marche devant l'armée,
Et vous, vous toutes, ô ombres des héros allemands,
Combattez avec nous, avec nous et avec nos étendards!

Le Ciel nous vient en aide; l'Enfer va succomber.
Debout, peuple de braves! Debout! Debout! La Liberté t'appelle!
Ton cœur bat ferme, tes chênes poussent ferme.... .
Oh! pourquoi t'attrister, si les cadavres s'amoncellent?
Va et plante au sommet du tas l'Etendard de la Liberté!..
Mais pourtant, ô ma Nation, lorsque la fortune aura couronné ton Front,
Lorsque tu resplendiras à nouveau de l'auréole sacrée de la Victoire,
N'oublie pas les morts qui te furent fidèles, et place, comme une parure,
Sur l'urne qui contiendra nos cendres... une couronne de chêne!

Chanson des chasseurs.

Courage ! chasseurs, libres et agiles !
Décrochez vos fusils de la muraille !
L'homme de cœur soumet le monde !
Courage, sus à l'ennemi ! Courage, en campagne
Pour la Patrie allemande !

De l'Ouest, du Nord, du Sud, de l'Est,
Nous nous rassemblons, poussés par la Vengeance,
Et aussi de l'Oder, du Weser, du Mein,
De l'Elbe, du Rhin, notre Père commun,
Et du Danube.

Car nous sommes tous frères,
Et notre courage s'en accroit.
Nous sommes unis par les liens sacrés du langage,
Et parce que nous avons même Dieu, même Patrie,
Même pur sang allemand !

Ce n'est point le désir de la conquête qui nous fit quitter
Le foyer paternel.
C'est contre la plus honteuse des tyrannies
Qu'avec joie nous livrons la bataille.
Cela vaut bien du sang !

Et vous dont l'amour nous fut fidèle,
Afin que le Seigneur demeure votre bouclier,

Nous donnerons notre sang ;
Car la liberté est le bien suprême,
Dût-il coûter mille vies !

Allons, sors de ta torpeur, chasseur, sois allègre,
En dépit des pleurs de ta bien-aimée.
Nous aurons l'aide du Seigneur dans la guerre Sainte.
Hardi ! au combat ! La Victoire ou la Mort !
Sus, frères, hardi ! Sus à l'ennemi !

Chanson des chasseurs noirs.

En guerre ! en guerre ! Les démons de la Vengeance nous poussent.
Debout, peuple d'Allemagne, en guerre !
En guerre ! en guerre ! Tes étendards flottent fièrement,
Ils nous conduisent à la victoire.

Petite est la troupe, mais grande sa confiance
Au Dieu juste.
Où ses anges bâtissent leur forteresse,
Les machinations de l'Enfer sont vaines.

Pas de quartier ! Et si votre main ne peut soulever l'épée
Egorgez sans ménagement,
Et vendez chèrement la dernière goutte de votre sang.
La Mort donnera la Liberté à tous.

Sous les noirs vêtements des vengeurs, nous pleurons encore
Sur la mort de l'antique valeur;
Mais si on vous demande ce que veut dire ce rouge, répondez :
Cela veut dire : le Sang des Français.

Dieu nous aide! Un jour, par dessus le tas des cadavres ennemis
Se lèvera l'étoile de la Paix,
Et nous planterons alors un blanc trophée
Sur les bords du libre Rhin.

Dernière consolation.

(Pendant que les armées alliées battaient en retraite au delà de l'Elbe).

Pourquoi ces plis sur vos fronts assombris,
Pourquoi ces regards farouches obstinément fixés dans la nuit,
O vous, hommes au cœur libre, à l'âme héroïque? —
C'est que maintenant la tempête hurle et la mer mugit,
Et la terre est ébranlée sur ses fondements tout autour de nous.
Nous ne pouvons nous dissimuler la détresse présente.

L'enfer mugit et fait rage de plus belle :
Des milliers de nobles êtres ont inutilement versé leur sang par torrents;
Voilà que les méchants triomphent encore!
Pourtant ne renoncez pas à la Vengeance céleste;
Ce n'est pas en vain que le jour a point dans des lueurs de sang,
Il faut en vérité que les feux du matin soient rouges.

Et s'il a suffi jusqu'ici de courage et de force,
Il faut aujourd'hui rassembler toutes les forces!
Sinon la nef échouera encore au port.
Lève-toi, jeunesse! *Surge*! Le tigre est là qui nous menace!
Prends les armes, landsturm; ton heure a sonné!
Sors, ô peuple, sors donc de ta léthargie!

Et nous, les ardents qui sommes réunis en ce lieu,
Nous qui hardiment fixons nos regards sur la Mort,
Nous ne voulons point déserter le Droit.
Sauver la Liberté, sauver la Patrie,
Ou mourir avec joie, l'épée à la main,
Avec la haine de la servitude et de la tyrannie.

La vie n'a pas de prix, où la Liberté n'est pas...
Que nous importe le vaste Univers
En présence du sol sacré de la Patrie?
Nous voulons revoir la Patrie, libres,
Ou libres, descendre chez nos ancêtres fortunés!
Oui, le Bonheur et la Liberté sont chez les Morts!

Hurle donc, ô Tempête! et toi, Mer, mugis,
Et toi, Terre, tremble sur tes fondements autour de nous!
Vous n'arrêterez point l'essor de nos âmes!
La terre peut s'engloutir à nos côtés;
Nous voulons vivre en hommes libres
Et sceller le pacte de notre sang.

Chant fédéral avant la bataille.

Le matin du combat de Danneberg.

Pleins de pressentiments sinistres, résolus à mourir,
Le jour se lève sur nous
Et le soleil froid et sanglant
Eclaire notre route sanglante.
Le sein des heures prochaines
Tient cachées les Destinées d'un monde;
Déjà les sorts agités vibrent,
Et le dé d'airain tombe.
Frères! que l'Aurore qui point vous fasse souvenir,
Vous fasse souvenir gravement du plus sacré des pactes :
CAUSE COMMUNE, A LA VIE, A LA MORT.

Derrière nous dans l'horreur de la nuit,
Il y a la honte, il y a l'outrage,
Il y a la valetaille étrangère,
Qui abattit le chêne teuton.

Notre langue fut profanée,
Nos temples s'écroulèrent,
Et notre honneur est engagé :
Frères d'Allemagne, dégagez-le;
Frères, les feux de la vengeance brillent! Elevez vos mains
Pour que la malédiction céleste se détourne de vous!
Dégagez le Palladium perdu!

Devant nous, il y a les bonheurs de l'Espérance,
Il y a les jours dorés de l'avenir.
Tout un ciel s'ouvre à nos yeux;
La Liberté, mère de la Béatitude, y rayonne.
L'art allemand et la chanson allemande,
La grâce des femmes et le bonheur de l'Amour,
Tout ce qui est Grand nous est rendu,
Tout ce qui est Beau nous revient,
Mais il faut oser cette chose redoutable :
PAYER DE NOTRE SANG ET DE NOS PERSONNES.
Notre bonheur ne peut être que le fruit de notre mort.

Eh bien! avec l'aide de Dieu, nous l'oserons;
Solidement unis, nous résisterons au Destin,
Nous tournerons nos cœurs vers les autels,
Et nous irons au devant de la Mort.
O Patrie, nous mourrons pour toi,
Ainsi que le commande ta haute parole;
Les êtres qui nous sont chers hériteront
De ce que nous aurons libéré par notre sang.
Lève-toi, ô Liberté des chênes allemands,

Lève-toi sur nos cadavres!
O notre Patrie, entends notre serment sacré!

Et maintenant que vos regards se tournent
Encore une fois vers l'amour :
Dites adieu aux joies rayonnantes
Que les souffles empoisonnés du Midi flétrissent.
Et si votre œil se trouble
Ne rougissez point de vos larmes.
Donnez le baiser suprême,
Puis recommandez-vous à votre Dieu!
A toutes les lèvres qui prient pour nous,
A tous les cœurs qui sont brisés par nous,
Donne, ô Dieu d'éternité, donne ta consolation et ton appui!

Et maintenant, marchons allègrement au combat,
L'œil et le cœur tournés vers la lumière d'en haut!
Les choses de la terre sont accomplies,
Le règne du Ciel arrive.
A l'œuvre, à l'œuvre, frères allemands!
Que tout Nervien soit un héros!
Les cœurs loyaux se reverront.
Adieu, adieu à ce monde!...
Entendez-vous? Déjà on vient à notre rencontre avec des cris d'allégresse, retentissant comme le tonnerre.
Frères, précipitons-nous dans ce déluge d'éclairs!
Au revoir dans un monde meilleur!

Prière pendant le combat.

O mon Père, je t'invoque!
Le canon tonne, sa fumée m'enveloppe,
Ses éclairs jaillissent avec fracas et m'entourent de leurs zigzags étincelants.
Arbitre des batailles, je t'invoque!
O toi qui es mon Père, sois mon Guide!

O toi qui es mon Père, sois mon Guide!
Mon Guide à la victoire, mon Guide à la mort!
Seigneur, je me soumets à tes volontés,
Seigneur, vers où tu veux, sois mon Guide;
O mon Dieu, je te reconnais!

O mon Dieu, je te reconnais!
Dans le bruissement des feuilles à l'automne,
Dans le fracas du tonnerre de la bataille,
Source de toute grâce, je te reconnais.
O toi qui es mon père, bénis-moi!

O toi qui es mon père, bénis-moi!
Je remets ma vie entre tes mains,
Tu peux la reprendre, tu me l'as donnée!
Que je vive, que je meure, bénis-moi!
O mon Père, je te glorifie!

O mon Père, je te glorifie!
Nous ne combattons point pour les biens de la terre;
C'est la plus sainte des causes que nous défendons par
l'épée :
C'est pourquoi, vainqueur, vaincu, je te glorifie.
Seigneur, je m'abandonne à toi!

Seigneur, je m'abandonne à toi!
Si la foudre de la mort s'abat sur moi,
Si le sang s'écoule de mes veines ouvertes.
Seigneur, Seigneur, je m'abandonne à toi!
O mon Père, je t'invoque!

La chanson du cavalier.

Hardi! Hardi! Prends ton essor rapide!
Le champ du monde s'étend là devant toi, libre,
Malgré que les ruses et les fourberies de l'ennemi
Nous aient entourés comme d'un grillage.
Pointe, noble courrier, cabre-toi,
La couronne de chêne est là-bas qui t'appelle :
Allonge, allonge, et mène-moi
Aux joyeuses danses de l'épée.

Au plus haut des airs, invaincu,
Le cœur hardi du cavalier s'élève.
Ce qui git à ses pieds dans la poussière
Ne peut contenir l'ardeur d'un sang libre.

Derrière lui, soucis et besoins,
Et femme, et enfant, et foyer ;
Devant lui, rien que la liberté ou la mort,
Et, à côté de lui, son épée.

Et ainsi va-t-il aux noces joyeuses;
La couronne nuptiale est le prix ;
Et qui fait attendre l'aimée,
La libre compagnie le bannit de son sein.
L'invité aux noces, c'est l'Honneur,
La fiancée, c'est la Patrie.
Et qui l'embrassera avec une ferveur réelle,
La Mort lui donnera la bénédiction nuptiale.

Il doit être d'une infinie douceur de s'assoupir
Dans une pareille nuit d'amour;
Endors-toi dans les bras de l'Aimée,
Sous sa garde fidèle,
Et lorsque la verte ramure des chênes
Poussera les feuilles nouvelles,
Elle t'éveillera avec une joie pleine d'orgueil
Au monde éternel de la Liberté.

Qu'il monte donc ou qu'il descende
Le chemin rapide de la Destinée,
Que la fortune des batailles penche où il lui plaira,
Nous l'envisagerons sans trouble.
Nous voulons être les champions de la liberté allemande !
Que ce soit dans les profondeurs de la tombe,
Que ce soit au pinacle de la victoire,
Nous bénirons notre sort.

Et si Dieu nous donne la victoire
Que vous servira-t-il de vous être raillés ?
En vérité, le bras de Dieu guide notre épée,
Et notre bouclier, c'est Dieu !
Mais déjà la tempête est déchainée autour de nous.
Allons, noble étalon, hardi !
Dût le monde n'être peuplé que de démons,
Tu sauras bien t'y frayer ta route.

Consolation.

O mon cœur, ne te laisse point abattre
Par les ruses et les fourberies de l'ennemi.
Dieu saura y mettre ordre !
C'est le Dieu de la liberté !

Laisse le tyran proférer ses menaces,
Il n'ira point jusque là !
Un jour, dans un saint embrasement,
Ta liberté s'épanouira.

Près de s'éteindre après de longues souffrances
La mort lui a rendu son éclat :
Des millions de cœurs
L'avaient soutenue de leur sang.

Elle mettra en pièces le trône de sa puissance,
Elle dissoudra le fer de tes chaînes,

Et plantera les superbes palmiers
Sur les tombes couvertes de mousse des héros allemands.

Allons, ne te laisse point abattre
Par les ruses et les fourberies de l'ennemi.
Dieu saura y mettre ordre !
C'est le Dieu de la liberté.

La légion infernale de Lützow.

Qu'est-ce donc qui brille là-bas et sort de la forêt ?
Ecoutez : le bruit se rapproche, se rapproche davantage ;
Cela descend la pente en bataillons épais ;
Les clairons retentissants y mêlent leur voix
Et remplissent l'âme d'épouvante...
... Demandez-le aux noirs compagnons :
C'est la légion infernale de Lützow.

Qu'est-ce donc qui se meut si vite dans le bois sombre,
Dégringolant de crête en crête !
On dresse les embuscades pour la nuit,
Les hourrahs éclatent, les fusils pètent,
Et les sbires français mordent la poussière...
... Demandez-le aux noirs compagnons :
C'est la légion infernale de Lützow.

Là-bas où la vigne éclate et où le Rhin mugit,
Le tyran se croyait à l'abri.
Et voilà qu'on s'approche avec la rapidité de la foudre,
Que dans les ondes on se fraye un chemin d'un bras vigoureux
Et qu'on s'élance sur la rive ennemie...
... Demandez-le aux noirs compagnons :
C'est la légion infernale de Lützow.

Pourquoi là-bas, dans la vallée, ce vacarme de bataille?
Pourquoi ce heurt des épées?
Des cavaliers au cœur joyeux livrent la bataille;
L'étincelle de la liberté jaillit, brillante,
Et flamboyante avec des rougeurs de sang...
... Demandez-le aux noirs compagnons :
C'est la légion infernale de Lützow.

Qui donc là-bas dit adieu à la lumière du jour, râlant,
Etendu parmi les ennemis qui se lamentent?
Les visages se contractent sous l'étreinte de la Mort,
Pourtant les braves cœurs ne tremblent point :
Et la patrie est sauvée, oui, sauvée...
... Demandez-le aux noirs compagnons:
C'est la légion infernale de Lützow.

La chasse infernale, la chasse allemande
De l'engeance des bourreaux et des tyrans!
C'est pourquoi, ô vous qui nous aimez, pas de pleurs, pas de plaintes;
Oui, la Patrie sera libre, le belle aurore poindra.

Dussions-nous même l'obtenir au prix de la vie!...
... Et qu'il soit répété de génération en génération :
Ce fut la légion infernale de Lützow.

Prière.

Exauce-nous, ô Tout Puissant!
Exauce-nous, ô souverainement Bon!
Céleste conducteur des combats.
Notre Père, nous te glorifions!
Notre Père, nous te rendons grâces,
O toi, qui nous as réveillés à la liberté!

L'enfer a beau rugir :
O mon Dieu, ta Droite puissante
Jette à bas l'édifice de l'imposture.
Conduis-nous, ô Sabaoth, Dieu des armées,
Conduis-nous, ô Trinité divine,
Conduis-nous au combat et à la victoire!

Conduis-nous... Dût notre destinée s'abîmer
Dans les profondeurs de la tombe,
Louange pourtant, Louange et Gloire à ton Nom!
Richesse, Puissance et Majesté
T'appartiennent dans l'Eternité!
Conduis-nous, ô Tout Puissant!... Amen!

Notre confiance.

Nous t'invoquons, les yeux rayonnant de joie,
Et nous plaçons notre espérance dans ta Parole.
L'enfer ne nous fascinera point
Par son esprit de mensonge et par ses assassinats ;
Et bien qu'autour de nous tout s'écroule et soit ruines,
Nous savons bien, Seigneur, que ta parole subsistera.

Le combat est rude, qui fait triompher la Foi ;
Un pareil trésor ne peut être obtenu que de haute lutte ;
Il n'y a point de grappe qui offre d'elle-même son jus
rafraichissant :
Le pressoir seul en tire le vin.
Et pour qu'un ange monte au Ciel,
Il faut d'abord que la Mort brise le cœur d'un homme.

Aussi, dans cette vie d'imposture,
Le mensonge peut élever ses temples ;
Des coquins vêtus d'or peuvent trembler
Et frissonner devant la Force et la Vertu,
Et, pleins de l'esprit de vertige que leur souffle la
lâcheté,
Ne point bouger devant le peuple en éveil.

Et les frères peuvent encore se désunir,
Et se diviser dans une haine sanguinaire

Et les princes allemands ne pas voir
Que leurs couronnes sont sœurs
Et que, si l'Allemagne demeurait unie,
Elle donnerait des lois au monde entier.

Non, nous ne cesserons pas de placer notre espoir en Toi,
De conserver notre fidélité et notre fier courage.
Oui, tu écraseras un jour le tyran
Et tu délivreras ta terre allemande
Et, si ce jour ne doit venir qu'après des années,
Qui connaît, mieux que toi, l'heure opportune?

L'heure opportune pour la bonne cause,
Pour la liberté, pour la mort des tyrans?
Le Dragon périra par ton Glaive,
Et rougira les fleuves allemands
Du sang des esclaves et du sang des hommes libres!
O toi qui sais tenir tes promesses, mon Dieu, mets-y bon ordre!

Ce qui nous reste.

Que nous reste-t-il, si les colonnes de l'Allemagne s'écroulent,
Si la voix des dieux est trompeuse,
Si l'on ne venge point les blessures faites à l'humanité,
Si la confiance la plus sacrée est menteuse,

Si c'est en vain qu'une jeunesse illuminée
Se rue sur les geôles de la patrie
Et si les vertus d'un peuple spartiate
Amoncèlent sans fruit cadavres sur cadavres?
Que nous reste-t-il, si malgré notre droit
Nous demeurons là frémissants devant le bonheur de l'imposture,
Et si du tyran et du bourreau la vénale valetaille
Sème le meurtre dans les temples de la liberté?
Que nous reste-t-il, si notre sang inutilement versé
Fume sur le tombeau de la Patrie
Et si l'étoile de la Liberté, l'étoile de la vie allemande
S'éteint au ciel de l'Allemagne?
Que nous reste-t-il? — Comptez-vous pour rien les sources du savoir,
Pour rien les paisibles rivages des arts? —
Il n'y a point de soleil pour l'esclave,
Et l'art a besoin d'une patrie.
Les voix de toutes les divinités ont expiré
Devant les plaintes de l'esclavage.
Et Homère, lui, n'aurait jamais chanté :
Pourtant sa Grèce était libre! —
Que nous reste-t-il? — Une résignation chrétienne,
Et les larmes lâches du martyr tombant en rosée? —
Faut-il que je démolisse de mes mains l'autel
Que mes mains m'ont élevé dans mon propre cœur?
Faut-il que je voie le doigt de Dieu,
Quand les anges de l'humanité crient vengeance?
Quand les démons exercent leur puissance diabolique,
Cela ne peut représenter que le triomphe de l'enfer! —
Ne nous reste-t-il donc rien? — Se sont-ils enfui, les anges

Qui nous regardaient d'un œil ami?
Tous les rameaux fleuris de l'Espérance se sont-ils brisés,
Parce qu'est brisé le palmier de la Victoire?
Les bras n'ont-il plus de croix de salut à étreindre
Dans la plus extrême détresse?
N'y a-t-il plus qu'à désespérer, qu'à se lamenter?
N'y a-t-il plus de liberté que dans la Mort? —
Non pas, et nous en attestons les élans de notre Jeunesse,
Le souffle héroïque qui anime le peuple entier.
Oui, il y a encore une *Vertu allemande*
Qui, souveraine, un jour, brisera nos chaînes.
Et quoique aujourd'hui dans nos portiques qu'elle a forcés
La Tyrannie renverse les temples de la Liberté....
O peuple allemand, tu pouvais tomber,
MAIS TU NE PEUX PAS SOMBRER.
La céleste étincelle de l'Espérance n'est pas éteinte.
Allons! du courage! en avant, à travers le bonheur de l'imposture!
Il y avait une étoile! Il est vrai qu'elle est éteinte en ce moment,
Mais le matin nous la ramènera.
IL Y AVAIT UNE ÉTOILE! LES ÉTOILES NE PASSENT PAS.
IL Y AVAIT L'ÉTOILE D'OR DE LA LIBERTÉ.
Laisse les nuées sanglantes poursuivre leur course incertaine:
Elle est sous la garde du Seigneur.
L'enfer a beau menacer, écumant de rage;
Le tyran ne peut aller jusque là,

Il est impuissant à ravir une étoile au ciel.
NOTRE ÉTOILE SE LÈVE.
Quand même la nuit apporterait la mort à notre jeunesse
joyeuse,
LA VOLONTÉ NE PEUT MOURIR.
Et les héros allemands, tout rouges de sang,
POUSSENT DES CRIS DE JOIE, A L'AUBE ROUGE DE LA
LIBERTÉ.

Ceux qui sont braves et ceux qui sont infâmes (1).

Le peuple se lève, la tempête se déchaîne.
Qui se croise encore lâchement les bras sur la poitrine?
Fi ! l'infâme, qui reste derrière ton poêle,
Au milieu des vils courtisans et parmi les grisettes!
Tu es vraiment un être misérable, sans honneur;
Une fille allemande ne te donne point ses baisers,
Une chanson allemande ne fait point ta joie,
Et du vin allemand ne ranime point tes forces.
Qu'ils trinquent ensemble
L'un après l'autre,
Ceux qui ont le cœur de mettre flamberge au vent!

Lorsque nous essuyons, vigilantes sentinelles,
Les ondées des nuits pluvieuses et les rafales de l'orage,
Peux-tu vraiment, sur un délicat lit de plumes,

---

(1) Trouvé dans les papiers du poète.

Etendre tes membres, dans un rêve voluptueux ?
Tu es vraiment, etc., etc.

Lorsque les sons rauques des trompettes,
Tel le tonnerre du Seigneur, nous pénètrent jusqu'au cœur,
Peux-tu vraiment aller au théâtre
Et te délecter aux trilles et aux roulades ?
Tu es vraiment, etc.

Lorsque, grillé par les feux du jour, nous tombons d'accablement,
Et que nous trouvons à peine une goutte d'eau pour ranimer nos forces,
Peux-tu vraiment faire sauter le champagne,
Peux-tu faire la fête à des tables qui ploient sous l'abondance ?
Tu es vraiment, etc.

Lorsqu'aux approches de la bataille égorgeuse d'hommes,
Nous songeons à l'Adieu, à l'Aimée fidèle laissée loin de nous,
Peux-tu courir chez tes maîtresses
Et t'acheter la jouissance au prix de l'or ?
Tu es vraiment, etc.

Lorsque la balle siffle, lorsque la lance bruit,
Lorsque la mort nous environne sous mille formes diverses,

Peux-tu t'asseoir à la table du jeu, y faire ta partie de *septlevée*,
Et couper les rois avec la spadille.
Tu es vraiment, etc.

Et si notre heure dernière sonne dans les mêlées sanglantes,
Sois la bienvenue, ô Mort du soldat, mort pleine de délices !
Toi, tu te tapiras sous des couvertures de soie,
Tu pousseras des gémissements plaintifs, épouvanté du Néant !
Tu mourras comme un être misérable, sans honneur ;
Nulle fille d'Allemagne ne te donnera ses larmes,
Nulle chanson allemande ne célèbrera ton nom,
Nulle coupe allemande ne tintera en ton honneur.
Qu'ils trinquent ensemble
L'un après l'autre,
Ceux qui ont le cœur de mettre flamberge au vent.

Chanson à boire avant la bataille.

O bataille, ton heure approche !
... Saluez-la, dans une ronde joyeuse,
En chantant, à la mode d'Allemagne...
Frères, approchez !

Le vin pétille encore;
Avant que les trompettes ne retentissent,
Rendons-nous la vie propice !
Frères, emplissez vos verres !

Dieu le Père entend
Le serment qu'aux portes du tombeau,
Les fils de la Patrie ont juré !
Frères, faites serment !

Le salut de la Patrie,
Nous voulons, brisant les chaînes qui la brûlent,
Le conquérir par la mort ou par la victoire.
La parole et la main !

Les entendez-vous qui s'approchent !
L'amour et les joies et les souffrances !
O mort ! tu ne pourras nous séparer !
Frères, trinquez !

La bataille nous appelle ! Allons !
Ecoutez, les trompettes sonnent l'assemblée.
En avant, en avant ! A la vie, à la mort !
Frères, videz vos verres!

Chanson de l'Epée.

Epée suspendue à mon flanc gauche,
Pourquoi brilles-tu si gaiement?
Tu me regardes avec tant d'amitié
Que je m'en sens tout joyeux.
Hurrah! (1).

« Un brave chevalier me porte,
« Voilà pourquoi je brille si gaiement.
« Je suis la défense d'un homme libre,
« C'est cela qui réjouit tant l'épée. »
Hurrah!

Oui, ô bonne épée, je suis libre,
Et je t'aime avec ferveur,
... Comme si tu étais ma femme,
Ou une fiancée chérie...
Hurrah!

« Vraiment, je t'ai fait le don
« De ma brillante âme de fer.
« Ah! si j'étais ta femme!
« Quand l'emmèneras-tu, ta fiancée? »
Hurrah!

---

(1) Ici, cliquetis d'épées.

Aux premières rougeurs de l'aurore qui suivra notre nuit de noces,
La trompette lancera son appel solennel.
Quand le canon déchirera l'air,
J'irai et je ramènerai la douce amie.
Hurrah !

« O ivresse des enlacements !
« Je languis après toi !
« O mon fiancé, emmène-moi,
« Je te fais le don de ma jolie couronne. »
Hurrah !

Pourquoi fais-tu ce cliquetis dans le fourreau,
O brillant et joyeux fer,
Ce cliquetis si farouche, si impatient de la bataille,
O mon épée, pourquoi fais-tu ce cliquetis ?
Hurrah !

« C'est de joie que je fais ce cliquetis.
« J'ai soif des combats,
« Farouche vraiment et impatiente de la bataille,
« Voilà pourquoi, ô mon chevalier, je fais ce cliquetis. »
Hurrah !

Reste dans ton étroite chambrette ;
Que veux-tu faire ici, ma douce amie,
Reste tranquille dans ta chambrette,
Reste, bientôt je viendrai et je t'emmènerai.
Hurrah !

« Oh! ne me fais pas longtemps attendre,
« O mon joli jardin d'amour,
« Tout rempli de petites roses aux pétales sanglants,
« Et où s'épanouit la floraison de la Mort! »
Hurrah!

Eh bien! va, sors du fourreau,
O toi qui réjouis les yeux du chevalier.
Sors, ô mon épée, sors!
Je veux te conduire dans ta patrie!
Hurrah!

Ah! qu'elle est superbe au grand jour!
Au milieu du cortège de l'hyménée,
De quel éclat brille au soleil
L'acier, radieux comme une jeune mariée!
Hurrah!

Eh bien, les hardis lutteurs,
Eh bien, chevaliers allemands,
Votre cœur ne s'enflamme pas?
Prenez, prenez donc votre maitresse dans vos bras!
Hurrah!

D'abord, il ne la fit à votre gauche
Que briller, tout-à-fait à la dérobée;
Puis Dieu la confia à votre droite,
Aux yeux de tous, la fiancée,
Hurrah!

C'est pourquoi, pressez la bouche brûlante d'amour,
La bouche de fer de votre fiancée,
Pressez-la bien fort sur vos lèvres.
Maudit qui l'abandonne, la fiancée!
Hurrah!

Qu'elle chante donc maintenant, la chère aimée!
Qu'elle projette de brillantes étincelles!
Le jour des noces commence à poindre.
Hurrah! ô fiancée de fer!
Hurrah!

POST-FACE

Telle est, dans son ensemble, l'œuvre de Kœrner, connue sous le nom de *la Lyre et l'Epée*. On ne peut nier qu'elle ne soit traversée par un souffle d'ardent patriotisme et de farouche liberté.

Des compositeurs célèbres (Himmel : Prière pendant le combat; Weber: la Chanson de l'Epée, etc.), ont ajouté à la poésie vibrante de quelques pièces la magie d'une musique simple et pénétrante, parfois religieuse; un grand nombre d'autres se chantent sur des airs populaires (Chanson des chasseurs; Ceux qui sont braves et ceux qui sont infâmes, etc.). On comprend dès lors, sans peine, la haute valeur de *La Lyre et l'Epée*, en même temps que l'impression qu'elle a faite et qu'elle fait encore sur les âmes allemandes; à ce titre, elle ne peut passer inaperçue en France et nous devons la connaître et l'étudier.

Si cela n'était pas étranger au but que nous essayons d'atteindre, nous montrerions l'influence particulière de Schiller et des Psaumes sur la forme et le fond des poésies de Kœrner; mais nous aimons mieux laisser le lecteur sous l'impression de Kœrner plutôt que sous celle d'une dissertation littéraire.

Kœrner était jeune. Il a imité, cela va de soi, mais il a su imiter de grands exemples et, par là, susciter à la patrie des dévouements enthousiastes et ardents. A notre sens, c'est par cela qu'il vaut surtout, qu'il vaudra longtemps, aussi longtemps que les âmes seront sensibles au prestige de la poésie — et c'est seulement sous cet aspect de *barde patriotique* que nous avons voulu le présenter. Puissions-nous avoir réussi !

Juillet 1896.

FIN

TABLE

Paris. — Imp. milit. Henri CHARLES-LAVAUZELLE.

Librairie militaire Henri Charles-Lavauzelle

Paris, 11, Place Saint-André-des-Arts.

L'Honneur du sous-off ou le soldat millionnaire. Roman de mœurs militaires, par L. de Ricaudy. — Vol. in-18 de 336 pages, broché ... 3 50

La Cigale andalouse, mœurs militaires sous le premier Empire, par Camille Leymarie. — Vol. in-18 de 280 pages ... 3 50

Le Roman d'un officier pauvre, par Jacques Maillier. — Volume in-18 de 250 pages ... 3 50

Fiançailles brutales, par Jeanne Robin. — Volume in-18 de 252 pages ... 3 50

La Paria, par Jean d'Auzyl, ouvrage dédié à M. Alexandre Dumas, fils. — Vol. in-18 de 318 p. ... 3 50

Les Filles de madame Evelin, par Amédée Delorme, lauréat de l'Académie française. — Volume in-18 de 320 pages, broché ... 3 50

Nouvelles militaires, par Amédée Delorme, lauréat de l'Académie française. — Vol. in-18 de 268 pages, avec couverture en chromolithographie ... 3 50

Mauroy, roman de mœurs, par le même. — Volume in-18 de 330 pages ... 3 50

Souvenirs de Saint-Maixent, par Ch. des Écorres, préface de Théo-Critt, illustrés de nombreuses gravures dans le texte et hors texte, de Baïonnette et Astier. — Volume in-18 de 256 pages ... 3 50

Nos folies de Saint-Maixent, par Raymond d'Arnou. Illustration de Paul Léonnec. — Vol. in-18 de 280 pages, broché, sous couverture illustrée ... 3 50

Au pays des étapes, notes d'un légionnaire, par Ch. des Écorres. Ouvrage illustré de nombreuses gravures dans le texte et hors texte par Baïonnette. — Volume in-18 de 372 pages ... 3 50

Souvenirs de Saint-Cyr, esquisse de la vie militaire en France, par A. Teller.

1re *année*. — Volume in-18 de 252 pages ... 3 »

2e *année*, avec de magnifiques gravures dans le texte. — Volume in-18 de 288 pages ... 3 50

Péchés d'école (*Carnet d'un artilleur*), par Étoupille. — Volume in-18 de 226 pages ... 3 50

En batterie! (*Carnet d'un artilleur*), par le même. — Volume in-18 de 252 pages ... 3 50

www.ingramcontent.com/pod-product-compliance
Ingram Content Group UK Ltd.
Pitfield, Milton Keynes, MK11 3LW, UK
UKHW020330220726
13923UKWH00003B/1477